Juan Valera

El cautivo de doña Mencía

Barcelona 2024
Linkgua-ediciones.com

Créditos

Título original: El cautivo de doña Mencía.

© 2024, Red ediciones S.L.

e-mail: info@linkgua.com

Diseño de cubierta: Michel Mallard.

ISBN rústica ilustrada: 978-84-9816-319-3.
ISBN ebook: 978-84-9897-943-5.

Sumario

Brevísima presentación

La vida

Juan Valera (18 de octubre de 1824, Cabra). España. Era hijo de José Valera y Viaña, oficial de la Marina, y de Dolores Alcalá-Galiano y Pareja, marquesa de la Paniega. Tuvo dos hermanas, Sofía y Ramona y un hermanastro: José Freuller y Alcalá-Galiano.

Su padre vivió de joven en Calcuta y adoptó posiciones liberales. Por ello fue removido de su puesto. Tras la muerte de Fernando VII en 1834, el nuevo gobierno liberal fue rehabilitado y se le nombró comandante de armas de Cabra y después gobernador de Córdoba.

La madre se opuso a que Juan Valera siguiera la carrera militar. Este estudió Lengua y Filosofía en el seminario de Málaga entre 1837 y 1840 y en el colegio Sacromonte de Granada, en 1841. Luego estudió Filosofía y Derecho en la Universidad de Granada, donde se graduó en 1846.

En 1844 publicó primer libro de poemas. Leyó mucha poesía, y en particular a José de Espronceda, y a los clásicos latinos: Catulo, Propercio y Horacio. Hacia 1847 empezó a ejercer la carrera diplomática en Nápoles junto al embajador Ángel de Saavedra, duque de Rivas. Vuelto a Madrid, frecuentó las tertulias y los círculos diplomáticos a fin de conseguir un puesto como funcionario del Estado.

Así viajó por Europa y América. En Lisboa empezó su amor por la cultura portuguesa y el iberismo político. De regreso a España, empezó a escribir y publicar ensayos en 1853 en la *Revista Española de Ambos Mundos*; en 1854 fracasó en un intento de ser diputado, y por entonces estuvo en los consulados de España en Frankfurt y Dresde con el cargo de secretario de embajada.

Hacia 1857 se fue seis meses con el duque de Osuna a San Petersburgo; polemizó con Emilio Castelar en *La Discusión*, y escribió su ensayo *De la doctrina del progreso con relación a la doctrina cristiana*. Asimismo, tras ser elegido diputado por Archidona en 1858, escribió en numerosas revistas como redactor, colaborador o director.

El 5 de diciembre de 1867 se casó en París con Dolores Delavat, veinte años más joven y natural de Río de Janeiro, y tuvo tres hijos: Carlos Valera, Luis Valera y Carmen Valera, nacidos en 1869, 1870 y 1872.

Durante la Revolución española de 1868 fue un cronista de los hechos y escribió los artículos «De la revolución y la libertad religiosa» y «Sobre el concepto que hoy se forma de España».

Juan Valera fue elegido senador por Córdoba en 1872 y en ese mismo año fue director general de Instrucción pública; en 1874 publicó su obra más célebre, *Pepita Jiménez* y, en esa época, conoció a Marcelino Menéndez Pelayo, con quien hizo gran amistad.

En 1895 perdió casi por completo la vista, se jubiló y volvió a Madrid; allí publicó *Juanita la Larga* (1895), y *Morsamor* (1899); frecuentó diversas tertulias y tuvo una en su propia casa.

Valera fue elegido miembro de la Academia de Ciencias Morales y Políticas en 1904. Murió en Madrid el 18 de abril de 1905 y fue enterrado en la sacramental de San Justo.

Sus restos fueron exhumados en 1975 y llevados al cementerio de Cabra.

El cautivo de doña Mencía

I

Pocos días ha recibí el prospecto de un libro muy curioso que va a publicarse en Córdoba. Contendrá la historia de las ciudades, villas y fortalezas de aquel antiguo reino. Me hizo esto recordar ciertos sucesos, que me contó mi amigo don Juan Fresco, como ocurridos hace ya cuatrocientos treinta años en el castillo de la población en que él vive. Ignoro si dichos sucesos serán todo ficción, o si tendrán algún fundamento histórico. Ya se encargarán de dilucidarlo los que escriban el mencionado libro, ora consultando otros antiguos que deben de andar impresos, ora en vista de Memorias y demás documentos manuscritos que ha de haber en abundancia. Yo no quiero meterme en semejantes honduras. Me inclino, sin embargo, a creer que en mi historia, si hay alguna ficción, hay también mucho de verdad en que la ficción se funda; el grave testimonio de mi querido y erudito amigo don Aureliano Fernández-Guerra, a quien oí referir no pequeña parte de los sucesos cuya narración me complazco en dedicar ahora a su inolvidable espíritu.

Don Aureliano tenía hacienda de olivar y viña en el cercano lugar de Zuheros; iba a menudo por allí, y se preciaba de saber, y había investigado y de seguro sabía, todo cuanto desde muchos siglos atrás había acontecido en aquella comarca. A pesar de todo, desisto de averiguar, para no comprometerme, lo que hay de verdad y lo que hay de mentira en el cuento, y voy a referirle aquí como me le contó mi tocayo.

Los fuertes muros y las ocho altas torres están hoy como en el día que se edificaron. No falta ni una almena. Dentro de aquel recinto pueden alojarse bien doscientos peones y más de ochenta caballos. De la cómoda vivienda señorial no queda ni rastro. Han venido a sustituirla un molino aceitero con alfarje, trojes y prensas, que durante la vendimia sirven también de lagar; un grande alambique con agua corriente, y extensas bodegas para aceite, aguardiente, vinagre y vino.

Allá por los años de 1470 era todo aquello muy distinto. Extraordinaria importancia estratégica tenía la fortaleza, como construida en una altura, sobre enormes peñascos, que en gran parte le servían de cimiento. En el centro había cómoda habitación, casi un palacio, donde se albergaba el alcaide o señor que mandaba la hueste. Veinte años hacía que dicho alcaide, lleno de ardor juvenil, había salido en imprudente expedición contra los moros de Granada. Pasando por Alcalá la Real, había entrado en la Vega por Pinos de la Puente, causando mucho daño, talando algunos plantíos y sembrados, y cobrando no poco botín en cortijadas y alquerías. Pero al volver rico y triunfante para su castillo, en los agrios cerros y en el espeso bosque de encinas que hay entre Pinos y Alcalá, cayó en una celada que los moros, más de mil en número, le habían preparado, y allí murió combatiendo heroicamente contra ellos.

La viuda de don Jaime, que así se llamaba el muerto adalid, quedó como única señora y alcaidesa del castillo.

Era su nombre doña Mencía. Sobrina del conde de Cabra, se había criado en la casa de aquel ilustre prócer. Apasionadamente enamorada del gentil caballero don Jaime, venido de Aragón a ponerse al servicio del conde, y muy señalado ya por su habilidad y su brío en todos los ejercicios caballerescos, por sus notables proezas y, hasta por su talento y maestría en el gay saber, el conde no tuvo que oponer razón alguna contra la boda, y consintió en que don Jaime y doña

Mencía se casasen, dando en dote a la doncella el dominio y la alcaidía del castillo de que voy hablando.

Sin duda para mostrarse más digno de su encumbramiento, don Jaime acometió la arriesgadísima empresa que causó su muerte. Diecisiete años acababa de cumplir doña Mencía cuando se quedó viuda. Amarga y desconsoladoramente lloró la muerte de su gentil e idolatrado esposo. Vistió severísimo luto, hizo una vida retirada, y en los veinte años que se siguieron hasta el día en que empieza esta historia, no salió del castillo sino para dar solitarios paseos.

En aquellos tiempos, las tierras todas del rey de Castilla estaban llenas de discordias y alborotos. No había paz ni seguridad en parte alguna, sino robos, sangrientos combates, muertes y estragos. Los grandes señores, por particulares rencillas y opuestos intereses, se hacían cruda guerra unos a otros. El reino, además, estaba dividido en dos opuestos y principales bandos. Fiel uno al rey don Enrique, pugnaba por sostenerse en el trono. El otro le había negado la obediencia, le había depuesto en Ávila, con cruel e infamante ceremonia, y reconocía como soberano al príncipe don Alfonso, hermano menor del rey. El reino de Córdoba ardía en disensiones, como todo el resto del país. Rara prudencia y singular entereza supo mostrar doña Mencía para conservarse en cierto modo neutral estando tan divididos los ánimos, sin dejar de ser fiel y sin faltar al pleito homenaje que a los de su casa y familia les era debido.

Todos respetaban a doña Mencía, la cual, gracias a su austeridad y recogimiento, estaba en opinión de santa. La hacía aún más respetable, prestándole algo de misterioso y sobrenatural, el que hubiese pocas personas que se jactasen de haberla visto, ni menos hablado. Se aseguraba, no obstante, que era hermosísima mujer, de treinta y siete años;

pero que parecía mucho más joven por la esbeltez, elevación y gallardía de su cuerpo. Se decía que sus cabellos eran negros como la endrina, que los ojos brillaban como dos soles, que tenía manos muy bellas y señoriles, y que la palidez mate de su terso y blanco rostro estaba suavemente mitigada por el sonrosado y vago matiz que arrebolaba sus frescas mejillas. Doña Mencía apenas conversaba con más personas que con el padre Atanasio su capellán; con Nuño, su escudero y maestresala, y con la hija de Nuño, Leonor, que era su íntima servidora y confidenta.

Mucho lamentaba doña Mencía, en sus conversaciones con el padre Atanasio, los escándalos y las civiles contiendas que asolaban el país y tenían a sus hombres de más valer armados unos contra otros.

Doña Mencía había deplorado la violenta resolución tomada por don Alonso de Aguilar de prender en la misma casa del Ayuntamiento de Córdoba al mariscal don Diego, primo de ella, y de tenerle encerrado durante algunas semanas en el castillo de Cañete; pero más deploraba aún el desafuero de don Diego desafiando a don Alonso, contra la expresa voluntad y orden del rey, que quería paz entre ellos, y de llevar adelante el desafío bajo el amparo del rey moro, que le dio campo y palenque en la vega de Granada. Allí citó y aguardó don Diego a don Alonso; y como éste no acudiese al desafío, don Diego, declarado vencedor por el rey moro, ató a la cola de su caballo un cartelón donde iba escrito el nombre de don Alonso de Aguilar con la calificación de alevoso, y le arrastró por el suelo con ignominia. Terrible fue la afrenta; pero don Alonso la sufrió con paciencia magnánima, reservando su valor para más patrióticos y altos empeños, según supo mostrarlo en el resto de su vida y en su muy gloriosa y trágica muerte.

II

La soledad y la monotonía de la existencia de la alcaidesa no habían tenido la menor alteración a pesar de una extraña novedad que había en el castillo desde hacía una semana. Doña Mencía custodiaba en él a un huésped, o, mejor dicho, a un prisionero. Su primo don Diego había exigido que le custodiase, imponiéndole, además, como un deber el abstenerse de preguntar el nombre del huésped, el cual, por su parte, había prometido también no revelar su nombre. Don Diego tenía grande interés en que no se supiese el nombre de su prisionero, y hasta en que se ignorase que tenía prisionero alguno. Por eso no quiso llevarle ni a Cabra ni a Baena, y le llevó al castillo de doña Mencía, donde no había más gente que la guarnición, y bajo cuyo amparo no se había fundado aún la villa que hoy existe. Doña Mencía tuvo que ceder a la imposición de su primo; pero gustaba tanto de la soledad, y era tan poco lo que le importaban los sucesos del mundo, que no quiso ver al cautivo que su primo le trajo, y le confió a Nuño, para que éste vigilase, alojase y cuidase con esmero, como a persona principal, y según don Diego quería.

La dama del castillo supo solo que su huésped o prisionero era un rapaz imberbe, que tendría dieciséis años a lo más, y del que don Diego se había apoderado, sorprendiéndole sin armas y en compañía de otros rapaces cazando pajarillos con red y con liga, cimbel y reclamos, en las orillas de un arroyo no lejos de Monturque.

En su estrado estaba doña Mencía, sola y entregada a sus rezos, en una hermosa mañana del mes de abril, cuando su doncella, Leonor, entró precipitadamente, asustada y llorosa, y se echó a sus pies pidiendo perdón y refugio.

—Yo no tengo la culpa, señora; yo no tengo la culpa. Mi padre se enoja contra mí, y quiere matarme sin justo motivo. El rapaz que está prisionero es el más descomedido insolente de los rapaces. Me sorprendió al pasar yo sola por la galería, me requebró con desenvoltura, me asió luego entre sus brazos, y, a pesar de mi resistencia y de mis gritos, me dio muchos besos. No sé cuántos, porque me los dio tan deprisa, que no tuve tiempo para contarlos. Llegó en esto mi padre y agarró al rapaz de una oreja, tratando de castigarle; pero el rapaz, que debe de ser fuerte y ágil, le echó la zancadilla, le derribó por tierra y se largó con risa. Mi padre se levantó renqueando, y, ansioso de vengar el agravio recibido, vino furioso contra mí. Yo, señora, me refugio aquí, y me pongo bajo tu amparo. Defiéndeme, señora; mira que soy inocente.

La grave doña Mencía frunció el entrecejo al oír la narración de aquel lance; pero en la cara, en el acento y en las frases de Leonor reconoció su sinceridad y que no era culpada; la levantó del suelo en que estaba de hinojos y le aseguró que la defendería. Toda su cólera estalló con vehemencia contra el atrevido rapaz, que con tan liviano desacato ofendía su casa. Llamó a Nuño, le exigió que absolviese a su hija de culpas que en realidad no tenía, y le ordenó que, sin entrar en nueva lucha con el rapaz, y sin acudir tampoco a otras personas para que no se enterase nadie de lo ocurrido, trajese al rapaz a su presencia para que ella le reprendiese duramente, como él merecía.

Cumplió Nuño las órdenes, y pocos instantes después compareció el rapaz ante la hermosa dama, que le recibió, como juez severísimo, con imponente autoridad y compostura. Nuño y Leonor se retiraron a una señal de la dama. Esta quedó sentada en un sillón de brazos, como si fuera tribunal o trono. El rapaz estaba de pie frente de ella, con ademán muy respetuoso por cierto, pero en manera alguna temeroso ni turbado. Con enérgicas palabras la dama le echó en cara su fea conducta, le amonestó para que se corrigiese, y le exigió que pidiera perdón de su culpa. Él contestó de esta suerte:

—Yo, señora mía, me confieso culpado, y estoy dispuesto a pedirte humildemente perdón, de rodillas delante de ti. Si alguna disculpa tengo, válganme como tal mis verdes mocedades y mi completa inexperiencia de las cosas del mundo. Yo me figuré, señora, que me hallaba en la cumbre de una montaña, y muy cerca de una nube que parecía de carmín y de oro, por lo cual gusté tanto de ella que me atreví a abrazarla y aun a besarla; pero la nube se me desvaneció y deshizo, y entonces apareció el Sol que la nube me ocultaba, y cuyos divinos reflejos eran los que había dado a la nube los brillantes matices que me enamoraron, me sedujeron y me hicieron incurrir en la falta, que como tal deploro, si bien, por otra parte, casi me alegro de haberla cometido. Cometiéndola he apartado la nube y he logrado al fin ver el Sol, que desde hace una semana anhelaba yo ver y que ahora extasiado contemplo.

Colorada como la grana, en parte de ira y en parte de gustosa sorpresa, se puso doña Mencía al oír el desenfadado discurso de aquel audaz muchacho. A pesar de su austeridad, tan probada y acendrada durante veinte años, sintió que en el fondo de su pecho pugnaba por salir y le retozaba la risa al notar tanta juvenil desvergüenza; pero al fin triunfó la condición austera de la egregia dama, y despidió al mancebo, diciéndole:

—Está bien, niño; pero mejor estaría si tu maestro o tu ayo te hubiera enseñado menos retórica y más comedimiento y circunspección, para no faltar al respeto que a una ilustre dama se debe, y que se debe también a su casa y a su servidumbre. Vete y corrígete, y haz de modo que no tenga yo que apelar a dolorosos extremos para poner coto a la audaz conducta de que parece que te jactas en vez de arrepentirte.

Quiso replicar el rapaz, pero la dama hizo tan imperioso gesto de desagrado y despedida, y fulminó contra él tan terrible mirada de sus negros ojos, que le hizo enmudecer y que le arrojó de la estancia como si lo hiciera a materiales empellones.

III

Escarmentado el joven cautivo y acaso más cautivo aún de su propia cortesía y de la veneración y del afecto que le había inspirado la dama con solo verla, se condujo durante los diez días que se siguieron con la corrección más cumplida, mostrando paciencia ejemplar para sufrir sin quejas su triste y enojoso cautiverio. La severa doña Mencía advirtió entretanto que atormentaba a veces su alma cierto arrepentimiento de haber empleado con el rapaz severidad sobrada. Allá a sus solas pensaba en él casi de continuo, y se complacía en saber lo mucho que su reprimenda había valido, y cuán juiciosamente se conducía el mozo. Luego recordaba su rostro y toda su gentil figura, que no había dejado de examinar cuando le tuvo delante de ella. Y por virtud de este recuerdo vino a nacer en su alma la más singular alucinación, la más curiosa y rara fantasía que puede soñarse. En balde procuraba apartar de su mente aquel ensueño peligroso. El ensueño volvía con tenacidad sobre ella y ni dormida ni despierta la dejaba en libertad y en sosiego. Imaginó que el insolente rapaz a quien había reprendido era el vivo retrato de don Jaime, su difunto esposo; y yendo más adelante en aquellas cavilaciones, se dio a recelar o a sospechar que las hadas benéficas, o algunos otros seres o genios sobrenaturales, para premiar sus largos años de rígida viudez, le devolvían con vida al esposo a quien habían tenido durante todo aquel tiempo encantado y oculto en un mágico submarino alcázar, no ya conservándole joven, sino poniéndole, más joven y más gallardo de lo que antes era. Y como las imaginaciones no vienen solas, sino que nacen unas de otras, enredándose y trabándose como áurea cadena, doña Mencía no se contentó con fingir pasado lo que se acaba de decir, sino que se creyó conocedora y zahorí de lo presente y aun inspirada profetisa para ver a las claras las cosas futuras. Así dio por cierto que el rapaz, su cautivo, llevaba en la frente la marca y el sello de un genio casi sobrehumano, y que delante de él se abrían luminosos horizontes de gloria y largo camino de triunfos y de grandezas.

Como quiera que fuese, doña Mencía no pudo resistir a la tentación de volver a ver al rapaz. Para cohonestarla, antes de caer en ella, se le ofrecían tres razonables motivos. Era el primero que, en virtud de la buena conducta del joven, debía ella endulzar lo amargo de su reprimenda llamándole y dándole su absolución. Era el segundo que, por la gran diferencia de edad que entre ambos mediaba, el afecto de ella hacia él tenía mucho de maternal y muy poco o nada de pecaminoso. Y era el tercero que el recordar es siempre mil y mil veces más poético que el mirar, por donde tal vez cuando ella mirase de nuevo al muchacho, caería en la cuenta de que no se parecía a su difunto esposo, de que ni él estaba encantado ni la encantaba a ella, y de que eran sueños vanos y sin sustancia todos los pronósticos en que prestaba al rapaz las grandezas y los triunfos que expresados quedan. En suma, doña Mencía se humanó, se apiadó del aislamiento de su cautivo, y, en vez de dejarle comer solo en la torre en que vivía, le convidó a comer a su mesa.

IV

Con este trato familiar y diario, doña Mencía dio por seguro que pronto acabarían por desvanecerse las ilusiones algo malsanas que había concebido; pero, por desgracia, aconteció muy al revés de su buen propósito y honradísimo intento.

Don Juan Fresco pasa aquí como sobre ascuas, sin aclarar ni determinar nada. Yo no he de ser más explícito y terminante que mi tocayo. Diré solo que, pocos días después, doña Mencía apareció más bella y remozada, iluminando su rostro una alegría dulce y mucha satisfacción y contento, vistiéndose con más primor y saliendo a caballo a dar largos paseos por los más solitarios y ásperos caminos, acompañada solo del mancebo cautivo y del anciano Nuño, a quien el mozo había ganado la voluntad y con quien estaba muy bien avenido. Nuño tenía, además, la más completa convicción de que el mancebo no perseguía ya ni inquietaba a Leonor, cuya honestidad estaba segura.

Harto había notado Nuño la fina devoción y el acendrado rendimiento con que el mancebo cautivo miraba y servía a su señora; pero no se atrevía a sospechar que ella pagase con amor tan delicados extremos, si bien advertía que a veces, bajo la ardiente mirada del joven, doña Mencía bajaba suave y lánguidamente los ojos, y tal vez se ponía encarnada como las amapolas, y aún creyó percibir en ocasiones, por entre los párpados y sedosas pestañas de ella, asomar una lágrima, que más que amarga parecía ser de ternura.

Tales observaciones daban vigor a sus sospechas; pero no tardaba en disiparlas la consideración de que el padre Atanasio, grave y reverendo siervo de Dios, comía siempre en la misma mesa con doña Mencía y el mancebo y terciaba, al parecer, en todos sus coloquios.

Por otra parte, no cabía en la imaginación ni en el pensamiento de Nuño que doña Mencía olvidase a su esposo don Jaime y fuese infiel a su memoria.

La desproporción de edad hacía, por último, inverosímiles las relaciones amorosas. Doña Mencía hubiera podido ser holgadamente madre de aquel lindo muchacho.

De aquí que Nuño desechase siempre como suposición maliciosa la idea que a veces se le presentaba de que doña Mencía tuviese amores. Lo que tenía era afecto casi maternal, y algo de satisfacción de amor propio y mucho de gratitud al considerarse querida. De esto sí que no dudaba Nuño. La admiración entusiasta y el vehemente enamoramiento del mozo estaban harto poco disimulados y eran patentes a todos los ojos.

Los guerreros de la hueste lo veían claro. Y muchos de ellos, menos respetuosos que Nuño, y, con muchísima menos fe en la probada austeridad y virtud de la alcaidesa, afirmaban, con más malicia que respeto, que aquella ilustre dama no desdeñaba las pretensiones del misterioso cautivo casi adolescente.

Provino de todo ello un germen de disturbio que hubiera podido terminar en escándalo, si la prudencia de Nuño no le hubiera sofocado al nacer.

Juan Moreno Güeto, uno de los cabos de la hueste, favorito de Nuño y aspirante a la mano de su hija Leonor, a quien requería de amores, era asimismo respetuoso y ferviente admirador de doña Mencía. Y como oyese en cierta ocasión, en boca de algunos compañeros de armas, groseros chistes en ofensa de su señora, no pudo contenerse y se decidió a castigarlos de palabras y aun de obras. Por dicha, Nuño, acudió a tiempo y pudo evitar la inminente lucha, calmando los ánimos, restableciendo la paz y procurando que no se divulgase lo que había ocurrido.

Doña Mencía, no obstante, hubo de entrever algo del caso y de sentirse lastimada y avergonzada de andar en lenguas de sus vasallos, y de ver que empezaba a perderse la inmaculada reputación que ella tan justamente había adquirido en veinte años de la vida más ejemplar y de las más severas costumbres.

Fuesen como fuesen sus relaciones con el rapaz misterioso, doña Mencía comprendió que daban harto pábulo a la maledicencia.

Sin duda el padre Atanasio, que era su director espiritual, y, según hemos dicho, grave y severísimo, la amonestó o la reprendió, ora por el peligro a que se exponía o por la ocasión que daba a que la censurasen, si no había pecado, ora por el pecado mismo, si, dejándose ella caer en la tentación, había cometido alguno.

En resolución, las causas por lo pronto permanecieron ocultas, y cuando menos podía preverse, hubo un suceso inesperado.

Revestido con las armas del difunto don Jaime, que parecían expresamente forjadas a la medida del mancebo cautivo, apareció éste a la puerta del castillo en una hermosa mañana del mes de mayo, acompañado de Nuño y de Juan Moreno Güeto, los tres en sendos caballos; tomaron el camino de Cabra, y no tardaron mucho en salvar la cima de los cercanos alcores, perdiéndose de vista.

Alguien aseguró después que, hasta que de vista se perdieron, doña Mencía estuvo en el balcón de su estancia, que se elevaba sobre el muro, y desde donde se oteaba el circunstante paisaje, mirando a los que partían, y dando al mancebo cautivo un postrer adiós con el blanco pañizuelo de holanda que hacía ondear su diestra, cuando no se le llevaba a los ojos para enjugarse el llanto delator que los humedecía.

A la caída de la tarde del día siguiente, Nuño y Juan Moreno Güeto volvieron al castillo, pero volvieron solos. Del mancebo nada se supo después. Nuño y Juan Moreno Güeto no quisieron satisfacer nunca la curiosidad de la gente de la guarnición diciendo dónde le habían dejado.

V

Seis días, pasaron después del suceso que acabarnos de referir, durante los cuales vivió doña Mencía en el más completo retraimiento. No salía de sus apartadas estancias, y solo la veían y hablaban con ella el padre Atanasio, Leonor y Nuño.

Un domingo por la mañana ocurrió algo que allí podría pasar por novedad, ya que solo de tarde en tarde recibía la alcaidesa visitas de sus parientes.

No se sabe si llamado por ella o por iniciativa propia, vino el mariscal don Diego desde el castillo de Baena a visitar a su prima. De todos modos, don Diego no sabía, o aparentó no saber, que el mancebo cautivo había recobrado su libertad. Preguntó por él a doña Mencía y mostró deseo de verle.

Doña Mencía contestó entonces:

—No es posible que ahora le veas. Aborrezco el disimulo y el engaño. No solo le he dejado ir libre, sino que le he absuelto del compromiso que contrajo y de la palabra que dio de permanecer en cautiverio. Él no se hubiera ido si yo no le hubiera obligado a que se fuese, mandándoselo y despidiéndole. Échame a mí toda la culpa; toda la culpa es mía.

Don Diego no pudo reprimir su enojo, y exclamó con airado acento:

—¡Vive Dios, prima, que te has conducido con fea deslealtad y te has mostrado harto ingrata a los beneficios que a mi casa y familia debes!

—Vuestras quejas —replicó ella— son harto infundadas, señor don Diego, y son, además, muy ofensivas para mí. Yo he dado libertad al joven por respeto al honor de vuestra casa y familia, y para no ser cómplice de un delito que la denigraba. El rapaz no ha sido maltratado en este castillo; pero había sido robado y secuestrado por nosotros, como si fuésemos bandidos. Yo no podía consentir largo tiempo en esto y coadyuvar a vuestros planes. Supe que el ilustre hermano del cautivo le buscaba inquieto y desolado, indagaba en balde su paradero y hasta lamentaba y lloraba su por él imaginada temprana muerte. Lo mejor que podía yo hacer, y eso he hecho, es enviarle a Montilla, a que tranquilice y aquiete a su hermano, exigiéndole, como le he exigido, y él cumplirá su promesa, no revelar nunca a su hermano quién le robó y le tuvo prisionero. Mi deseo es que se restablezca la concordia entre vuestra casa y la de ellos, y sería nuevo inconveniente para mi deseo se lograse que don Alonso supiera que el mariscal don Diego, de quien tantos agravios ha recibido, le había agraviado también siendo el raptor de su hermano, a quien quiere con toda su alma.

—No es de maravillar ese cariño —dijo don Diego—, porque el joven posee extraordinarios atractivos, se gana la voluntad de las personas a quien trata, aunque sean muy adustas, y si a él le roban toma represalias terribles, y, según parece, roba los corazones, y los trastorna y los hechiza por tal arte, que les hace olvidar los más sagrados deberes y el conveniente decoro.

Subió la sangre al rostro de doña Mencía y le tiñó de rojo al escuchar aquellas palabras; pero con serenidad y calma, para que lo que había resuelto no se atribuyese a momentáneo arrebato, sino a resolución premeditada e irrevocable, dijo a don Diego de esta suerte:

—No hubiera yo presumido ni creído nunca, señor don Diego, que, faltando a nuestro parentesco, a nuestra amistad de toda la vida y a cuanto un caballero cortés y bien nacido debe de respeto a una dama, hubierais vos venido a mi propia habitación y estrado a insultarme con injuriosas reticencias. De nadie dependo, y solo a Dios tengo que dar cuenta de mi conducta. Aunque fuese mala, no tenéis derecho para afrentarme ni para acusarme, siquiera sea en términos embozados y ambiguos. Respetad a una mujer como a vuestra hidalguía conviene. Y ya que juzgáis que yo me he conducido mal en lo que importa al servicio de vuestra casa y familia, yo me extraño desde instante de dicho servicio. Por lo pronto, os ruego, dije mal, os exijo que salgáis de mi presencia. No tardaré yo en evacuar el castillo y fortaleza cuya custodia me habíais confiado. El alférez Calixto de Vargas quedará mandando la hueste, y, dentro de veinticuatro horas os haré entrega de todo. Yo me extraño, como acabo de deciros. Mañana mismo saldré de aquí, llevando en mi compañía a Nuño, a su hija Leonor y a Juan Moreno Güeto. El mayor favor que podéis hacerme es no volver a acordaros de mí, y no empeñaros en averiguar ni adónde voy, ni cuáles serán en lo futuro mis propósitos y las andanzas de mi vida.

Aunque harto sabía don Diego que era irrevocable toda resolución que tomaba su prima, y que su carácter era más firme que la roca en que descansaba el castillo a que ella había dado su nombre, todavía don Diego hubiera querido contestar a aquel discurso y procurar amansar a la dama; pero ella lo estorbó retirándose de súbito a su habitación más reservada y cerrando la puerta de golpe.

No se atrevió el mariscal a seguirla; no quiso tampoco enterar a nadie de los términos poco amistosos con que aquella entrevista había terminado, y así, aparentando reposo y sin dejar traslucir lo que pasaba, salió del castillo con los escuderos que le habían acompañado, y se volvió a Baena.

VI

Cruel y deshecha tempestad de encontrados sentimientos hubo de agitar aquella noche el alma de doña Mencía. Durmió poco y se levantó del lecho apenas rayaba la aurora.

Como si le quedasen pocas horas de vida y estuviese a punto de desaparecer de sobre el haz de la tierra, dispuso de todos sus bienes, haciendo donación de las joyas, de los más ricos vestidos y de parte de sus cuantiosos ahorros a favor de Leonor, su fiel camarera.

Hallándose presente ésta, así como también el padre Atanasio, hizo venir a Juan Moreno Güeto y le indujo a contraer con Leonor solemnes esponsales, que autorizó el padre Atanasio, prometiendo, por su parte, ser pronto el ministro que santificase por la virtud del sacramento la unión de los novios.

Confirmó doña Mencía al padre Atanasio una respetable suma de dinero para que la repartiera con juicioso tino entre los soldados de la hueste y los campesinos pobres de las cercanías.

Y reservó, por último, buena porción de su caudal para entregarla a la superiora del convento de Santa Clara en Córdoba, antigua fundación del rey don Alfonso el Sabio y de su mujer la reina doña Violante, hija de don Jaime de Aragón, el que ganó a los moros la ciudad de Valencia. En aquel convento había determinado doña Mencía encerrarse para siempre y acabar su vida.

A fin de cumplir tan devota determinación, de que solo dio noticia entonces al padre Atanasio, se despidió de la hueste como si tratase de hacer una breve ausencia, y acompañada solamente del mencionado padre, de Nuño y del futuro yerno de éste, salió para Córdoba aquel mismo día.

Como los cuatro iban en sendos caballos, ligeros y briosos, pudieron llegar, y llegaron, antes de anochecer a la antigua capital del califato.

Doña Mencía tardó poco en cumplir su propósito. Abandonó el mundo, y se retiró al convento de Santa Clara. El padre Atanasio y Juan Moreno Güeto volvieron al castillo inmediatamente. Nuño tardó algo más en volver, pues tuvo antes que llevar un mensaje a Montilla, cumpliendo las órdenes de su señora y el último de sus encargos, en relación y enlace con personas y cosas de esta vida mortal, del siglo y de la tierra que nos sustenta. Nuño llevó a Montilla, y entregó recatada y secretamente al hermano menor de don Alonso de Aguilar, una extensa carta, escrita por doña Mencía, y que decía de esta suerte:

VII

«Cuando te despedí pocos días ha desde el castillo, devolviéndote la libertad y mandándote y exigiéndote que la recobrases, no tuve valor aún para despedirme también de la esperanza de volverte a ver en este mundo, ¡oh, mi dulce y joven amigo! Tomada estaba ya y escondida en el centro de mi alma la firme resolución de no volver a verte nunca;

pero no quise decírtelo hasta ahora. Ahora que te lo digo, ahora que por última vez voy a hacer que mi palabra llegue hasta ti, aunque sea desde lejos, Dios habrá de perdonarme si me complazco en recordar mi extravío, no ya para llorarle y lamentarle arrepentida, sino para deleitarme y glorificarme con su recuerdo. Toda la austeridad de mi vida durante veinte años, todo mi primer amor, suavemente conservado en la memoria con afán religioso y puro como rescoldo del fuego sagrado entre las cenizas del ara, y mi orgullo y el respeto debido al nombre que llevo y a mi decoro de honrada y casta matrona, todo se desvaneció y falleció en mi alma el ver tu rostro y al oír tus palabras, acaso desde la vez primera que me hablaste. No creas que me ofusqué, que me cegué y que no comprendí desde el primer momento la intensidad y la fealdad de mi delito y el casi irresistible impulso que a cometerle me llevaba. Claro apareció en mi conciencia el amor que me habías inspirado, y cuán abominable lo hacía la gran diferencia de nuestra edad, más propia que para convertirme en amiga o en esposa tuya, para prestarme, con relación a ti, por manera espiritual, el casto y limpio carácter de madre.

»Yo, con todo, no supe resistirme. Fue mi pasión tan vehemente, que, no ya inútil, necia y vulgar me pareció la resistencia. Hasta en la misma tardanza vi yo algo de mezquino y grosero que aparecía en mi mente como frío artificio y estudiado melindre de mujer que anhela vender más caras sus finezas y realzar más de lo justo el precio y valor de sus favores retardando el concederlos. No extrañes, pues, que, vencida y rendida yo, cayese desde luego en tus brazos sin defenderme y te diese mi corazón y fuese toda tuya.

»Había yo querido antes cohonestar la inclinación que hacia ti había sentido, imaginándote vivo retrato del hombre a quien yo había amado en mis primeras mocedades, y a quien había llorado largos años después de muerto. Pero no tardé en desechar este pensamiento, considerándole cobarde hipocresía con que mi entendimiento, más mentiroso que sutil, trataba de atenuar el poderoso conato de mi voluntad viciosa. No; no me pareciste semejante a don Jaime, sino mil y mil veces mejor que él. Su imagen, grabada en mi alma, se borró y desapareció no bien vino tu imagen a estamparse en ella como sello y marca de esclavitud que la hace tuya para siempre. Ni el temor de la maledicencia, ni el odioso pensamiento de que hasta tú mismo pudieras menospreciarme y tenerme por liviana, nada me contuvo. La fuerza, no obstante, que no bastó para detenerme al borde del abismo y para salvarme de la caída, me ha valido luego para romper materialmente el lazo para huir de ti, para levantarme lastimada y penitente y refugiarme en este retiro. Yo no podía ser legítimamente tuya. Vivir de otra suerte a tu lado hubiera sido escándalo, ignominia y vergüenza. Los sabios consejos de mi confesor, a quien dominando el rubor que encendía y quemaba mi rostro, mostré la herida, me prestaron aliento y brío para desbaratar las cadenas en que me tuviste aprisionada, para apartarte de mí y para tomar luego la determinación que he tomado.

»Dios, en su infinita misericordia, habrá de perdonármelo. No acierto a que así no sea. Ahora que me dirijo a ti acuden a mi mente, la turban y la llenan de amargo deleite aquellos momentos de embriaguez amorosa y de completo abandono en que toda yo fui para ti y creí que eras tú todo mío.

»Resuelta estoy a restaurar con plegarias, cristianas meditaciones y dura penitencia la espantosa ruina en que mi virtud se deshizo. Humillada y contrita estoy, y con todo no noto en mí el arrepentimiento. A mi mente acuden en tropel ideas y razones, si no para justificar, para disculpar en parte mi pecado, y cuando no para absolverme, para mitigar la sentencia que me condena.

»A los indiferentes parecerá locura lo que voy a decirte. A pesar de tu modestia, tú debes creerme. Algo de sobrenatural, del cielo sin duda en su origen, aunque torcido y maleado después por el infierno, ha sido el móvil principal de mi enamoramiento y de mi súbita flaqueza. He sentido, al verte y al oírte, no atino a explicar qué extraño modo de profética revelación, qué profundo convencimiento, qué fe y qué segura esperanza en tus futuros y soberanos destinos. Sí, yo no he amado solo en tu persona al gallardo y floreciente mancebo en toda la frescura y lozanía de su edad primera. Yo he amado y prefigurado en ti al héroe en flor, gloria y grandeza de la patria, al que contribuirá más que nadie a que Castilla, disuelta hoy en bandos y asolada por guerras civiles, con España toda unida a Castilla, sea la primera de las naciones. Yo, no solo veía en tus ojos la llama del amor, sino la luz refulgente y el fuego del entusiasmo con que un numen inspirador encendía tu alma. Yo veía lucir en tu frente la estrella de la inmortalidad, y su resplandor me cegaba; tus sienes se me mostraban circundadas de un nimbo luminoso.

»Así explico yo y así disculpo mi inevitable rendimiento; así explico yo y así disculpo también el valor cruel que he tenido para echarte lejos de mí y, para apartarme de ti, después y por siempre. Reteniéndote en mis brazos me hubiera rebelado yo contra los designios y decretos del cielo. La gloria te quiere para sí, y yo no quiero ni puedo ser rival de la gloria. Bástame la que alcanzo con haber poseído tu corazón y con que me hayas tributado las primicias de tu amoroso y juvenil afecto. Bástame, sobre todo, la gloria de haber sido acaso el primer ser humano que ha visto con toda claridad en tu frente el signo que Dios puso en ella, señalándote así para que honres, prosperes y ensalces a tu pueblo y para que venzas y domines a los otros.

»Adiós. No me llores por desventurada. ¿Por qué no confesártelo? Estoy orgullosa y soy dichosa por mi propia falta. La única obligación tuya, lo único que me debes, es el cumplimiento de mi esperanza y de la fe que puse en ti. No desmayes. Lánzate valerosamente en el sendero de la vida. Sé grande, sé glorioso, como yo te he soñado, y paga así con usura todo el amor que te tuve y que te tengo todavía, y cuantos sacrificios hice a ese amor justificado por tu maravilloso valer y harto premiado por el deleite supremo que logré al ser tu amada.

»No quiero yo que me olvides, dueño mío. Tuya soy yo, toda yo y por toda la vida. Recuérdame, pero más con ternura que con pena. Y adiós de nuevo y para siempre.»

Cuatro años después de escrita esta carta, doña Mencía, apartada del mundo y de todo trato de gentes, salvo el de sus hermanas las religiosas, se consumió como si un fuego interior la devorase, se marchitó como rosa aromática en el ardor del estío, y entregó a Dios su alma en el convento de Santa Clara, de Córdoba, edificando con su resignada, ejemplar y cristiana muerte a las pocas personas que por entonces la trataban.

VIII

Más de cuarenta años habían transcurrido desde la muerte de doña Mencía.

Gonzalo Fernández de Córdoba se hallaba de paso para Granada, en la ciudad que se honra con darle su nombre por apellido.

Todos los ensueños de doña Mencía se habían realizado. Estaba él cubierto de gloria, era llamado el Gran Capitán. Su nombre se pronunciaba y se oía con respeto en todas las regiones de Europa. De él había dicho el más discreto y perfecto caballero cortesano que en aquella ciudad tuvo Italia, que «en paz y en guerra fue tan señalado, que si la fama no es muy ingrata, siempre el mundo publicará sus loores y mostrará claramente que en nuestros días pocos reyes o señores grandes hemos visto que en grandeza de ánimo, en saber y en toda virtud no hayan quedado bajos en comparación de él». Él había combatido a los portugueses en Toro, a los muslimes en Granada, en las Alpujarras a los moriscos rebeldes, en Ostia al más feroz de los piratas, al turco en Cefalonia y en Italia a los franceses, desbaratando sus ejércitos, venciendo a sus reyes y más ilustres caudillos y ganando para España lo más hermoso de aquella península. Había adquirido y prodigado inmensas riquezas, había ganado como trofeo de sus victorias más de doscientas banderas y dos estandartes reales, y había conseguido que le celebrasen y admirasen en toda España, así en Aragón como en Castilla.

Víctima ya de la suspicacia, y tal vez de la envidia del rey, se retiraba harto desengañado a sus dominios de Loja, después de haber visto arrasada la fortaleza de Montilla, que fue su cuna, y castigados con dureza no pocos de sus parientes y amigos.

Se cuenta que Gonzalo visitó un día a su anciana parienta doña Beatriz Enríquez, que había sido amiga del ya difunto almirante don Cristóbal Colón, a quien retuvo largo tiempo en España, a pesar de los desdenes de la Corte.

Contra la sentencia del Dante, tan a menudo citada, no siempre es doloroso, sino sabroso y dulce, el recuerdo de la edad feliz, de los amores juveniles y de los triunfos y venturas que entonces se lograron. Doña Beatriz, en su vejez y en su aislamiento, se sintió consolada al ver y al hablar a su glorioso deudo. Animada fue la conversación que con él tuvo.

Doña Beatriz se mostró expansiva y acabó por estar justamente jactanciosa. Declaró con orgullo que tenía por gloria suya el haber amado al aventurero genovés, el haber descubierto y reconocido todo el valer de su espíritu y el haber creído y esperado en la alta misión que le habían confiado los cielos, cuando todavía eran muy pocos los hombres que no le desdeñaban.

—Por mí —dijo— se quedó en España aquel hombre enviado de Dios. En gran parte me debe España la gloria de haber roto ella el misterioso secreto de los mares y de haber descubierto islas florecientes y extensa tierra firme, rica en perlas y en oro, que todavía se pone como valladar para impedirnos llegar a Cipango, al Catay y al imperio del preste Juan, por donde ya penetran los portugueses, siguiendo opuestos caminos y navegando hacia las regiones donde se pensaba que tenía su tálamo la Aurora.

El Gran Capitán comprendió y aplaudió el orgullo de su parienta; pero su mismo aplauso hizo brotar en su alma otro orgullo muy parecido. Gonzalo Fernández de Córdoba no supo contenerse, y dijo a doña Beatriz:

—Yo admiro la perspicacia de vidente y la fe profunda y la esperanza certera con que amaste y detuviste al inspirado piloto. Pero perdona mi vanidad. No has sido tú en esta época la única cordobesa a quien hizo el amor profetisa. Otra hubo antes que tú, que compitió en esto contigo. No merece tanto, porque el hombre cuyo valer futuro descubrió ella en su amorosa visión profética, vale mil y mil veces menos que el que por esfuerzo de su reveladora inteligencia y de su enérgica voluntad ha duplicado o triplicado la grandeza del mundo conocido, y ha magnificado el concepto de la creación en toda mente humana. Comparada a la gloria de ese hombre, vale poco la que se alcanza derrotando ejércitos, conquistando reinos y avasallando y humillando a los príncipes más poderosos. Merece, sin embargo, más que tú esa mujer de que te hablo, porque tú no revelaste a Colón mismo lo que él ya sabía de su propio valer. Tú le prestaste crédito, aliento y esperanza y confianza en los hombres y en su fortuna; pero esta mujer de que te hablo, en su exaltación de amor hacia mí, porque fue mi enamorada, no se limitó a darme crédito, aliento y esperanza, sino que hizo patente a mi alma la por ella soñada grandeza que mi alma tenía, me infundió la fe que en mí puso, convirtió mi ambición en deber de gratitud hacia ella, y me obligó a ser grande para que ella no fuese ni motejada de ligera, ni tenida por mentirosa.

El Gran Capitán no supo callar entonces. Contó a doña Beatriz los fugitivos amores de su mocedad primera. Y hasta hay quien dice que le citó, asomando el llanto a sus ojos, algo de la carta que le había escrito doña Mencía, y que él conservaba piadosamente en la memoria.

Gonzalo dijo por último:

—Quiero confesarte, con el debido sigilo, que después he amado a otras mujeres y he sido amado por ellas. Ninguna, sin embargo, ha derribado y arrojado del santuario de mi alma la venerada imagen, puesta allí sobre todo lo terrenal y caduco, de la mujer que me reveló a mí mismo mi ser propio; que tal vez con la virtud creadora de su amor sembró en mi espíritu el germen de todo lo bueno y de todo lo noble, que he podido hacer en mi vida.

Al referir esta historia que me contó don Juan Fresco, y cuya certidumbre confirmó, hasta cierto punto, mi querido amigo don Aureliano, no puedo menos de recordar un estudio que escribió y publicó, años ha, Rosa Cleveland, hermana del que fue presidente de los Estados Unidos. El estudio se titula Fe altruista, y procura demostrar que la capital misión de la mujer es la de revelar al hombre sus altos destinos, alentarle en la lucha e inspirarle el brío y la confianza que son menester para alcanzarlos.

Madrid, 1897

Libros a la carta

A la carta es un servicio especializado para
empresas,
librerías,
bibliotecas,
editoriales
y centros de enseñanza;
y permite confeccionar libros que, por su formato y con-
cepción, sirven a los propósitos más específicos de estas ins-
tituciones.

Las empresas nos encargan ediciones personalizadas para
marketing editorial o para regalos institucionales. Y los in-
teresados solicitan, a título personal, ediciones antiguas, o
no disponibles en el mercado; y las acompañan con notas y
comentarios críticos.

Las ediciones tienen como apoyo un libro de estilo con
todo tipo de referencias sobre los criterios de tratamiento
tipográfico aplicados a nuestros libros que puede ser consul-
tado en Linkgua-ediciones.com.

Linkgua edita por encargo diferentes versiones de una
misma obra con distintos tratamientos ortotipográficos (ac-
tualizaciones de carácter divulgativo de un clásico, o versiones estrictamente fieles a la edición original de referencia).

Este servicio de ediciones a la carta le permitirá, si usted
se dedica a la enseñanza, tener una forma de hacer pública
su interpretación de un texto y, sobre una versión digitaliza-
da «base», usted podrá introducir interpretaciones del texto
fuente. Es un tópico que los profesores denuncien en clase
los desmanes de una edición, o vayan comentando errores
de interpretación de un texto y esta es una solución útil a esa
necesidad del mundo académico.

Asimismo publicamos de manera sistemática, en un mismo catálogo, tesis doctorales y actas de congresos académicos, que son distribuidas a través de nuestra Web.

El servicio de «libros a la carta» funciona de dos formas.

1. Tenemos un fondo de libros digitalizados que usted puede personalizar en tiradas de al menos cinco ejemplares. Estas personalizaciones pueden ser de todo tipo: añadir notas de clase para uso de un grupo de estudiantes, introducir logos corporativos para uso con fines de marketing empresarial, etc. etc.

2. Buscamos libros descatalogados de otras editoriales y los reeditamos en tiradas cortas a petición de un cliente.

www.ingramcontent.com/pod-product-compliance
Lightning Source LLC
Chambersburg PA
CBHW020609130626
46552CB00007B/3122